2e Fascicule.   Mai

LE

POÈME

Publication Mensuelle

LA

CHANSON DES MOIS

PARIS

MAURICE DREYFOUS, ÉDITEUR

13, RUE DU FAUBOURG-MONTMARTRE, 13

—

1889

LIBRIS

LA CHANSON DES MOIS

Tirage à 500 exemplaires numérotés

N°

VICTOR BARRUCAND

LA
CHANSON DES MOIS

MDCCCLXXXIX

PROLOGUE

A CHARLES SIGNORET

Dans une ronde échevelée,
Les Mois se tenaient par la main.
Rien n'arrêtait leur envolée,
Rien ne finissait leur chemin.

Ils étaient au nombre de douze :
Vierges, vieillards, femmes, enfants ;
Les uns à la mine jalouse,
Les autres fiers et triomphants.

Les ans n'ajoutaient pas de rides
A leurs fronts, et toujours dispos,
Ils allaient, valseurs intrépides,
Sans prendre un instant de repos.

Dans la fatale sarabande,
Entraient les hommes fils des jours ;
Essoufflés par la folle bande,
Ils tombaient après quelques tours.

Car cette ronde était la vie
Qui bientôt brise les plus forts,
Et dont la marche poursuivie
Egrène un chapelet de morts.

Pour rhythmer la fantasque danse,
Chaque mois disait sa chanson,
Et nous, chœur marquant la cadence,
La répétions à l'unisson.

Hivers, étés, printemps, automnes,
Enflaient leurs voix comme la mer;
Ces cantilènes monotones
Nous grisaient d'un opium amer.

Alors on oubliait ses peines:
Plus de regrets ni de douleurs,
Plus rien que le chant des sirènes
Qui mettait en nos yeux des pleurs.

J'ai traduit cette ode étoilée
En mon pauvre langage humain,
Pendant que la ronde affolée
Des Mois m'emportait vers demain.

JANVIER

J'ai des présents pour tous; j'ai pour les enfants roses
Les plus ravissantes choses :
Baisers, bonbons, jouets aux superbes couleurs ;
Pour les femmes, j'ai des fleurs ;
Pour les hommes, l'espoir et le bonheur de vivre
Une autre page du livre.

A tous les cœurs meurtris, à tous les indigents,
A vous tous : ô pauvres gens !
Je donne sans compter la divine espérance
Et l'oubli de la souffrance.

Je suis le jour nouveau qui se mire doré
Au prisme de l'ignoré ;
J'ouvre aux désirs perdus les portes d'or du rêve,
Et l'horizon clair s'élève.

Tombe, comme en hiver tombe la feuille au vent,
Passé qui fus decevant !
Refleuris, fleur vivante après la fleur fanée,
Illusion de l'année !

FÉVRIER

Sonnez, grelots ! résonne, orchestre !
Que des Rois à la Saint-Sylvestre,
Il ne soit pas de meilleur temps
Que les soirs où, muse en démence,
Je conduis le bal qui commence,
Au bruit des flonflons éclatants.

Je viens, en jupe de *Folie*,
Pour chasser la mélancolie ;
Oubliez tout, soyez ravis,
Mon rire est plus vibrant qu'un trille,
Et, s'il le faut, dans un quadrille,
Je vais vous faire vis-à-vis.

Aux buissons il n'est pas de roses,
Et pourtant, sur vos fronts moroses,
Mettez des couronnes de fleurs,
Endossez la robe écarlate,
Pour que partout la joie éclate
Dans le flamboiement des couleurs.

Accourez, masques de la rue,
Allons, que la foule se rue
Sous les lustres qui vont briller !
Tu rêveras demain, poète,
Aujourd'hui, prends part à la fête
Que veut te donner Février.

MARS

Souviens-toi que tu es poussière,
Homme, nature grossière,
　　　Memento !

Souviens-toi que ta faible vie
Te sera bientôt ravie,
Memento !

Souviens-toi que tout n'est qu'un leurre,
Que toujours s'avance l'heure,
Memento !

Souviens-toi du cruel mystère
Qui te redonne à la terre,
Memento !

Souviens-toi de la Mort affreuse,
De ta fosse qu'elle creuse,
Memento !

Souviens-toi qu'en ta frêle écorce
Est cachée une autre force,
Memento !

Souviens-toi que cette âme altière
N'est pas faite de matière,
        Memento !

Souviens-toi du Seigneur ton père,
A cette pensée espère,
        Memento !

3

AVRIL

Terre qui dors lassée
Dans ta couche glacée,
L'hiver a fui,
Le jour a lui,
Éveille-toi, ma fiancée,
Sous le baiser viril
    D'Avril.

Que **ta** crainte s'évanouisse,
Que ton être s'épanouisse ;
Je suis le dieu Soleil,
Le bel enfant vermeil,
J'apporterai la vie
Dans ton âme ravie;

J'étancherai ta soif, j'apaiserai ta faim,
Je te donnerai des colliers d'or fin,
Je te parerai d'une robe verte
De pourpre brodée et de fleurs couverte,
Et pour te charmer, parmi les roseaux,
Je ferai chanter des concerts d'oiseaux.

Éveille-toi, ma grande amie,
Éveille-toi, belle endormie,
Sous le baiser viril
  D'Avril.

MAI

J'étais la Terre immense et belle
Je me souviens : ô quel réveil !
J'étais la féconde Cybèle
Et j'ai dormi d'un lourd sommeil.

Mon sein nourrisseur de la vie
Fut frappé de stérilité,
Mais la mort qui m'a poursuivie
M'a rendu la virginité.

Et je renais dans la lumière
Qui dore mes flancs maternels,
Rajeunie en force première
Et prête aux travaux éternels.

L'amour perdu me grise encore
De son délicieux émoi;
Sous les caresses de l'aurore,
L'esprit des fleurs palpite en moi.

Arbres, chantez comme une lyre !
O brise, écoute mes secrets !
Dites ma joie et mon délire,
Voix des mers, souffle des forêts !

Croissez en splendeur, vertes palmes,
Grands lys, jasmins, myrtes, rosiers,
Magnifiez mes bonheurs calmes
En symboles extasiés !

JUIN

Voici l'heure adorable où la nuit va descendre,
L'heure où le val s'emplit d'un pur enchantement.
      Une invisible cendre
Empourpre de son vol l'azuré firmament ;
Voici l'heure adorable où la nuit va descendre,
L'heure des abandons et du recueillement.

4

Voici l'heure adorable où se complaît le rêve,
L'heure où le désir monte et retombe dolent ;
        De même vers la grève
Le flot se précipite et se brise en râlant.
Voici l'heure adorable où se complaît le rêve,
L'heure où le soleil meurt à l'horizon sanglant.

Voici l'heure adorable où la nuit est venue,
L'heure où plus pénétrants s'exhalent les parfums.
        Les astres de la nue
Falotent sur les eaux et dans les sentiers bruns ;
Voici l'heure adorable où la nuit est venue,
L'heure des souvenirs, chère aux amours défunts.

JUILLET

Pas la plus légère brise
Sous les rayons de midi.
Dans cette chaleur qui grise
Le troupeau dort engourdi.

Les fleurs ferment leur corolle
Et prennent des airs penchés ;
La feuille retombe molle
Sur les rameaux desséchés.

La pierre blanche repousse
La clarté comme un miroir ;
On voit, couché sur la mousse,
Le vert lézard à l'œil noir.

Calme comme l'eau d'un vase,
Transparent comme un cristal,
L'étang reflète en sa vase
Le ciel d'un azur brutal.

Pas un murmure ne passe
En ce repos accablant ;
Le cœur de la terre lasse
Bat silencieux et lent.

Soudain, deux notes égales
Font vibrer le grand sommeil :
C'est le *cri-cri* des cigales
Qui se chauffent au soleil.

AOUT

A Constant Roux

Les épis moissonnés sont comme un tapis d'or
Épandus sur le sol en nappe de richesse ;
Et jamais, dans sa gloire abstraite, une duchesse
Ne foula sous ses pieds un plus réel trésor

Que le tien, paysanne, orgueil de ce décor.
Cérès vivante, au flanc puissant que rien ne blesse,
Tu passes empruntant du soleil ta noblesse,
Et ta gerbe en fardeau te fait plus belle encor.

Les bras levés, le sein nerveux, cambrant le torse,
Tu marches dans le calme assuré de ta force,
En riant de tes dents blanches à l'amoureux

Dont le regard vainqueur trahit le doux mystère
De vos récents baisers mordus, fruits savoureux,
Dans l'herbe s'embaumant du parfum de la Terre.

SEPTEMBRE

J'ai cueilli pour toi, mignonne,
La dernière fleur d'été,
Sur le rameau qui frissonne
J'ai cueilli la rose-thé.

5

Elle était pâle et rosée
Comme est ta suave chair,
Une larme de rosée
Rendait son parfum plus cher.

Douce et fleurant comme l'ambre,
Cette rose de septembre
M'a rappelé les instants
De notre dernier printemps.

Elle est une coupe pleine,
Oh ! respires-en l'haleine
Comme un breuvage vainqueur,
Pour te réchauffer le cœur.

Avant peu sera flétrie
La fraîcheur de son satin,
Cette corolle fleurie
N'embaumera qu'un matin ;

Ne dis pas : Frivole chose !
Car c'est le sort de chacun :
Notre vie est une rose
Dont l'amour est le parfum.

OCTOBRE

Le sang vermeil des grappes mûres
A ruisselé sous le pressoir ;
Déjà se rouillent les ramures,
La feuille tombe au vent du soir.

Tout ruisselant est le pressoir,
Le vin dans la cuve fermente ;
La feuille tombe au vent du soir,
La tourterelle se lamente.

Le vin dans la cuve fermente,
Ses bouillonnements sont un chant ;
La tourterelle se lamente
Au bois, dans l'ombre du couchant.

Ces bouillonnements sont un chant,
Le chant du vin qui prend une âme ;
Au bois, dans l'ombre du couchant,
Un cerf mélancolique brame.

Le chant du vin qui prend une âme
Est apaisant et doux au cœur ;
Un cerf mélancolique brame,
L'oiselet gazouille moqueur.

Elle est puissante et douce au cœur
La chanson qui parle d'ivresse ;
L'oiselet gazouille, moqueur ;
Au loin passe quelque pauvresse.

La chanson qui parle d'ivresse
Charme la douleur et l'endort.
Lorsque passe quelque pauvresse,
Le soleil l'éclabousse d'or.

Sois le baume qui nous endort,
O vin ! guéris toutes blessures.
Le soleil mêle en ses flots d'or
Le sang vermeil des grappes mûres.

NOVEMBRE

Novembre apparaît.
Le foyer s'allume,
La triste forêt
Se revêt de brûme.

6

Le grillon plaintif,
Dans la cheminée,
Se blottit craintif
Comme en l'autre année.

Le roseau mouvant
Qui semble un long cierge,
Fait trembler au vent
Les fils de la Vierge.

Forts, sous l'aiguillon,
Les bœufs de charrue
Creusent un sillon
Dans la plaine herbue.

Puis vient le semeur,
Qui d'un geste large,
Jette avec lenteur
Le grain de sa charge.

Dans le ciel pâli,
L'heure qui s'avance
Ne met pas un pli,
Pas une nuance.

La bise en passant
Gémit, désolée,
Et la nuit descend,
Comblant la vallée.

DÉCEMBRE

Nous n'irons plus au bois, les beaux jours sont finis,
Les sentiers sont deserts et la chanson des nids
    Depuis longtemps s'est tue.
Nous n'irons plus au bois pour cueillir du muguet,
Les beaux jours sont finis, votre cœur est muet,
    Froide et belle statue !

Nous n'irons plus au bois, les lauriers sont coupés,
Les pinsons ont fait place aux corbeaux attroupés,
      Partout s'éteint la vie.
Nous n'irons plus au bois rire et nous embrasser,
Les lauriers sont coupés et de les ramasser
      Vous n'avez nulle envie.

                            1887

TABLE

ACHEVÉ D'IMPRIMER

Le 9 Mai 1889

SUR LES PRESSES DE PAIRAULT ET Cie

A PARIS

www.ingramcontent.com/pod-product-compliance
Lightning Source LLC
Chambersburg PA
CBHW061706180626
46818CB00003B/1277